到有诗的地方看海

吴伟平 著

作家出版社

诗歌，是生活的回音

吴伟平

窃以为，诗，是寻找唯物主义和唯心主义之间缝隙的天使，个体生命的长度无法抵达使命，因此，有了共同的类特性。跨越千年，我们依然能与《诗经》共鸣，与李白踏歌，与杜甫休戚。国难当头，多少仁人志士仗诗拔剑，“哀民生之多艰”挺起民族的脊梁。和平岁月，“天生不爱倾诉苦难，并非苦难早已绝迹”，居安思危，一枝一叶同频共振。诗，把个体的心灵淬炼、转化成富有时代个性的文化自觉，在不同诗境辗转，探见更广阔的觉思、更幽微的眼光。

诗人，可以凭借语言和思维起飞，在广阔天地、浩瀚时空驰骋。往返历史和当下，连接此在和彼岸，社会、山水、人物、世情，万事遥相呼应、彼此共鸣，万物神奇而自然地相融相生。质本尘来还尘去，尘烟，也许不需要隐入，只要诗在心在，何处不起故园情？确切地说，我总觉得自己实在是一粒尘烟，泥土味，烟火味，每一次拂去还来，这鼻息之间的气息，成了我生命中的内在。这种内在，引领我去触碰，去感受，去调节，去凝聚；这种内在，蕴蓄诗歌本源的力量，在对生活的凝视中寻找令人怦然心动的洞见，直抵时空的局限。

行之所至、思之所及、兴之所触，诗呈现了个体思维的流动、语言的个性，营造了精神的场域。没有了语言和思维之间恰如其分的关联，文字的美感和力量就没有了凭借。诗人和语言的相遇，带着可遇不可求的色彩，与人生阅历、个性禀赋、瞬时意会密切相关。每一种经验，都有让文字为之呐喊的深邃内在，这就是我们祖国的文字之所以伟大而生生不息的内在肌理。

我只是企图在这些伟大的背后朝花夕拾，捡点便宜，从皱纹千层，从鬓白千丝，从慈母手中茧去剥见那一颗颗晶莹剔透的心。我不自量力，我努力为之，就像鲁迅说的："有一分热，发一分光，就令萤火一般，也可以在黑暗里发一点光，不必等候炬火。"

用路程量埂长，用匠心糊泥浆，这是五十年来生活一次次教我慢慢觉悟的俗语，如绵绵雨针。"少年听雨，壮年听雨，而今听雨"，农民听到的是季节的更替、庄稼的长势、燕子的回时；久违稼穑的我，有幸径直在近街僻巷中走村串户，听到家长里短花气冷暖人丁兴旺。乐观豁达的他们总是把耕作的艰辛轻轻地抛在脑后，他们没有时间去看清什么才是生活的真相，他们昼夜不分被劳动斟欢。而我何其有幸，与文字撞个满怀。

行走在生活的归途，跫音哒哒，发掘、组成、解放，洞察、勾连、贯通，方觉诗歌用语言与思维联结心灵，连接时空，永远有着新鲜的质感。行走在人生边上，且行且珍惜，对生活满心的感恩，促使《到有诗的地方看海》——我的第一本诗集呈现在您面前。

诗集分为四辑，第一辑“到有诗的地方看海”集中收录与工作经历有关的作品，第二辑“人生到处知何似，应似飞鸿踏雪泥”吟咏如诗的乡愁，第三辑“且以辞行终初见”叙述所行所闻所见所思所想，第四辑“只想要一个记忆”抒发对古今人物和事件的感怀。

我始终认为，生活，不只有眼前的苟且，更有面朝大海、如诗行吟的双向奔赴，这是我为诗集起名的初心所在。

目　录

一　到有诗的地方看海

三 且以辞行终初见

四 只想要一个记忆

一

到有诗的地方看海

梨树怀花开

靠近村落
错愕思绪簇拥行囊
将，一切多余付予
尾随而至和谐风畅
绵绵溪流晓来唇语
临行密密乌鹊别枝
漫卷而至
是迎风摇曳的味蕾
老区，梨树怀花开
扑向我，极目天籁

蒹葭苍苍，词语深处
唤醒红色忧郁的感伤
劲草疾书，层林尽染
焕发不忘初心的豪迈
看
红雨着意青山
藤绕蔓依人家
布谷声声，接踵
翠花田头的欢唱

从清流到建宁
穿宁化入将乐
如果可以，我愿意
生命轮回辘辘驱晚
让那片邂逅的水莲藕
不再有落寞的模样
让乱花迷眼，呼我
成日暮居客，石化
喂哺你寒时的羔羊

一颗初心就是月亮全部历史

时光突兀，半拉子挂在树木
捧一把山泉水，植绿我尘仆
绿水青山沿着山梯一字铺排
远来的客官
一步一步靠近，压低身段
掐一掐年轮比一比树幡
听，话匣子娓娓打开
祖辈们背着一穷篓子二白
走出泥丸闯荡江南塞北
坎坎伐檀兮，踏破山寨
仰登高山说要把头举过颈酸
一番打赏现场也没有派上
泉眼细流问渠哪得清如许
你是如何
如何沿着英明的指引等来花开
是如何
如何滴水穿石，喜看今朝
新器试新茶弱鸟飞入新时代

今晚，我决定点上一根烛

照应蟾宫中的折桂
尽管池塘里的鲤鱼子非鱼
不谙世事，难罄抒怀
一颗初心就是月亮全部历史
沉浸也好感动也好
流的都是泪水，伏案捋思
一笔一画从《摆脱贫困》
从雁字回时把自己带入境地
心有所信，才能行远
云中谁寄锦书来，什么时候
窗外的炊烟开始袅袅依偎
说什么比天空还大的是胸怀
我亲爱的下党，你怎能如此
如此，让我沉迷一隅
心绪起伏如山乡潮涌的蛙鸣
浓到化不开

我只想听一声清澈

你弱水三千
今夜，我只想听一声清澈
一只掌心捂在耳侧，一只抛出轻奢
扑哧，扑哧，鱼饵化作一声接耳
龙跃、空翻、入涟、弥音
长竿坚守鲤鱼，短竿鲫鱼狠扯

我，不担心鱼会上钩
有一条莆田县志已经收录：
甲午三百年溪流反复，鱼儿反扑
浪花翻卷起深渊里的暗器
水没之处，萧萧落木

今夕是何年
膝下的游子正回在夕烟的潺潺
一滴水只许带一珠
我误判了一朵藕花的淘气
惊起，惊起满心的欢喜

沧海为水取次花丛

雨落在天上
大地之舟荡起天游峰
山花草丛灌木小的少的壮的老的
它们刷脸，畅行成天宇之棹
我借山岩竖起的耳麦
听听，由远及近的古道西风

流水的白云，雨林中盛开出莲朵
天地一把巨大盏壶沐浴武夷施主
我的风尘折进这方家道
如朱子如佛，草本是武夷的度厄
闲来半日浮生若梦
没有鞭辟入里的痛
沏悟不出一片冰心在玉壶

多想豪雨冲呷一口老枞水仙大红袍
一片叶子能兴赋一个仙名
有多少今天的雨气沧海为水取次花丛

次第花开

就像这山峦
结绳造字取之于形
仰望的星空，也已虚拟
流风穿过
书声打坐的网络
簌叶落下的梦呓
在你的纤巧
剥茧出丝丝缕缕

就像今晚，月光的到来
幽谷悬崖有了魂脉
相拥而至的山高越过崇高
十年树人百年树己
一次次负笈的行囊
消失在云端径斜
不变的是你，稔熟的平方
次第花开在塞上人家

登光明顶咏志

以为我已找到方向
送走日落后的青山
留给我一面木然
习惯了海上日出的心
在靠近你的攀援
一节一节地柔软
绿水青山的寥廓
曾有茅屋为秋风所破
曾有，瓜藤食不果腹

以为老乡早奔小康
捻青褒歌飘荡茗香
耕作的诗意盎然
就会有稻菽千层浪
沿道而行
新潮热敷着耳麦
拣尽一枝一叶
最慢的家长是那段
残更的衣寒和牵挂的问暖

你是幸运的，正如
我走向你今天的指引
不是刻上字就可立碑
不是立在顶就光明自见

花飞令

与大海结为琴瑟，不是为了博取浪花
与市场拜把歃血，不能只会摸爬滚打
双肩扛起飓风，摔倒也要抓起一把沙

爱拼会赢，“晋江经验”在丝绸之路流淌

缯衣、布麻，昨日大话西游的魔方
把大海还给自由，小渔村赋兴时代新赛道
冰墩墩雪容融，名扬北京冬奥
新业态，新模式，新机制，新动力……

拥抱改革开放，抑扬顿挫内心的狂潮

今晚，在自己家乡的月光下思念家乡
我要开启那扇沧桑岁月的舷窗

昨夜星辰今夜星辰，与游子一曲对吟
清源山畔，玉兰花飞，瓣瓣流连

那一夜

那一夜
我看见夕阳走进炼狱
朝阳托起最先的鸟语

那一夜
我看见春风转回万木
握住一棵最后的病树

那一夜
我们扶起了颠倒的化石倾塌的笔柱
化缘修路……

我从段砚起色丹青

从月亮段砚处起色丹青
月色、云朵从动念中侧应
满山坡的峰缨溪络
我要给山岔勾股一抹刘海儿

山风正接住一片叶子
造型绰约中
竹林提灯、网络虚拟
现实主义的山顶，文昌阁退二线
深山藏庠序，山峦一撇一捺地写意

此处有声胜无声
孩子们的梦呓，一个都不能掉队
校园，大幕的弦外
我从高远泼墨，斧一笔风铃空悬
仿佛仓颉用字造山巅，一气呵成

山高相拥而至
在我的眼前仰止
桃李芬芳次第花开
还是那轮明月，送来塞上人家

留下，以梦为马

雪花，从天空脱落
我伸出长长的手臂，抓不住疼
全息很宽很远
空穴来风的痛
日子，一口一口地把结痂消溶

小雪，我叫出一件襁褓的昵称
母亲曾用它把我包漏成两只青眼
每一个冬夜都是一匹黑马
奔跑在我的白昼之前
什么时候，雪越下越多
我的眼角慢慢消失进雪域的晕眩

青松，是青山的主人

怦然，仄仄起眼前的笔架山脉
在这里写诗，派用不上书面语
一株小小的草木都有十面旌旗
古田，军号响起，大风从四面起兮
峰针、树轮、佚名的冠林
现在，我要驾长风亲自检阅

我的诗韵操觚在山角，沙场点兵
心跳和喉结突突，巨擘短歌相见
天上的星星，是感叹中省略的标点
我的左臂是大山，右膀也是大山
“古田会议永放光芒”，澹涛澎湃
我从史诗里钩沉——呼号的口令

身后的青松，才是青山的主人
因为热爱，热爱这山川的壮美
今天，客家人用忠心迎接他们

云横秦岭家天下

六盘山，来寻找你游览的角度
长征，我从我小学的课本翻书
瞻仰红军纪念馆
我把记在心里的，暂且放另一边

如果你没有来到这里
六盘山会少一个高度
缚住苍龙的手也会少一个擘
如果你没有留在这里
二万五千里会少一个回头路
漫卷红旗也会少一面楚天舒

长征是宣传书，长征是播种机
今天，我只是为忘却记念来游瞻的
你看这大好河山。云横秦岭
小关山大关山六盘山。我却想家泪湿膺

所有风生，水起涌泉

游览涌泉寺，不能没有风
飘来的经文我以鼻息寄存
然后，把身段低开
在一级一级台阶在一尊一尊佛面

这个瞬间，今生的我也只有一个
菩提、桃李，转入三月
享誉虚岁，我能不能也奢侈一回
只是时间本有无，又何言属于我

日月星辰，及我此刻转下山去的
四时经轮，所有风生，水起涌泉

走进城深

立在鼓山巅峰
我低下头，月亮跟我低下头
闽水江滨大道直走
红灯停，绿灯行，车水在睦邻
人入拐弯影遁抹角，圆方有形
月光青一块紫一块，心无挂碍

墩入东街低檐
我举上头，月亮跟我举上头
三坊七巷手撕漫兜
风穿堂，壁练达，美食在洞察
于山藏古岳，老榕斗新眉
罚酒猜拳骚客争为草本竞折腰

深夜城起，我从边缘走读伦理

那把不锈的杵

从你身上赊一方钢水
我入深山领养一棵古树
用你浇绿，养气。长出了主心骨
轮上泛起容光。镂空，勾褶
你给树造心，造史，造沧桑

一株一串，满邻里肩挑叫坊
清明上河图，大宋旌旗猎猎
长征组雕雪山草地四渡赤水
雄风扑来，天干接连起地支

廊角一座七级浮屠，立足注目
尊大师所言：落臂在此的敛衽
要经历无数次的许愿
“不材之木，能若是之寿”
度人就是度己，工匠的眼里没有瑕疵

时光回刍，听涛砥柱
为什么没有遇见那把不锈的杵

《梦幻云水谣》，南靖云水谣，简银蕉 2017 年 3 月摄

《古村星夜》，南靖梅林村，简银蕉 2017 年 3 月摄

《七色光》, 云南大理洱海，简银蕉 2015 年 9 月摄

《畅想曲》, 云南大理洱海，简银蕉 2015 年 9 月摄

到有诗的地方看海

鹭岛的蓝天，要从鳌园观瞻
白云，是天空的四季
会云破月皎，会夏雨曼妙
就像现在，我坐看
不见的，都藏匿入我的目光

许多美向湾仔汇集，我在意
陈嘉庚纪念碑海堤精神纪念馆
美哉教泽长
那是学村毕业季必须告别的地方
我在琢磨从精美浮雕抽身的手法

亚热带的孩子总是有爱要表达
眼前，凤凰花虔诚地向着夏
五月的海风，吹在我的脸上
想起，这个日子要礼佛大海
选哪一句，都得有普希金的气概

画潭画岚

大风，正抄起海底
一只脚踵，渐渐从我眼前出水
岚，我替它想到一个名字

投靠武夷山脉，想不到梦断岭南
不堪回首的，黄河母亲百年难产
留下，亲爱的阿喀琉斯，断后的脚掌

力拔山兮气盖世，为母亲
你吻过箭，饮过血，飘零在裸夜
四周海茫茫，托钵，生命的盐液

母体的脐带再次抛来
你离不开风，离不开这片疆海
阅过千帆的你，濯足海水，画潭画岚

今夜，我和鸾峰桥有个约定

远看，你一扇天门
渐入夜的语境
我听从时令，双眼眯闭在车行
潺潺，汩汩。大山启用生物钟
鸾峰桥，在为我徐徐敞怀打开

移情夜景，身体慢慢放轻
一步一步抬高自己的睡点
下党村、下党溪，下乡的味道
我的意识流就像一只小麻雀

时而蹑足，时而翼越，时而雀跃

世纪公元的议程，开始预演
子时，把拟向往山外的溪声，喂饱
廊桥，稳如一台特大型号
流水缓缓退隐。峰林、小径的琴键款款司晨

山渠继续远上，捻青、晒青、烘青

一枝一叶，芳茗派出了自己的风信子
桥坊为它们专设一个，也陪我侧卧的窗口
好像要一直等候在我今夜星辰的归途

你是一棵榕

记不起，今日贵庚
把你种下
等待着你开花的结果

那！已经比远祖更远久
你来有福之州，会重复闻过
争论的时候
他们好像不是在谈一棵树

谈一个，自带慧根
择一城终老，却岁岁常青
它就是土地的一层植被，遇见
林则徐冰心严复陈宝琛……
许许多多出生的第一声喊在
——榕城

贺兰山，你是我西向的故垒

晌午，用时间擘画
一场对话，贺兰山缺和我
太阳把光天的怒火，烧在焦土
眼前，和我皮上的伤疤一样
秦岭身上的结痂长不出一根毫毛

莫须有？我下意识地掐一下人中
这是一个死穴。不能像你暴露中原
以坡陁、震旦横切东南潇潇的雨歇
汉武北拓，张骞凿空，守望的石窟
一点一滴，生命之水都入鲜衣怒马的梦

岳飞也不能例外，大将军的痛不叫苦
精忠报国射天狼，有命，舍不得！
碧血化作黑蝴蝶，人间从此《满江红》
今天，我欲效应朝天阙
贺兰山，西北望。故垒处，风流几多？

海底，对道的解剖简单粗暴

切、蹉、琢、磨
我垂直走下五层楼低
掘进，碎裂，岩浆正沿水槽后退
海底，对道的解剖简单粗暴

一堂下基层的美学，可以这么粗糙
盾构机，圆睁怒目，一脸金刚
一副癞蛤蟆，痴痴缓缓，旋旋转转
他们蒙过海水的美人鱼。我按下电闸

通风，给水。地心引力从变压器爆发
厦门海沧海底隧道的诞生和婴儿一样
十月怀胎，工期倒排
一个精细的仪表，工人们在火眼般地
神操盘

那一片秋风眷恋的茅草

茅竹、青蒿，还在原创
千年以前，子美的哮喘
那盅叫醒不了自己的酒
只在乎五花马、千金裘

安得广厦千万间
我要到大唐找诗圣化缘袅袅的炊烟
用那一片秋风眷恋的茅草
戳邮上《陋室铭》的亲笔信

从窗含到门泊，萧萧落木接轮引路
还在那，西岭千秋雪、东吴万里船
像每一个走进茅草屋的，都净身出户
草堂里有一盏青灯，只度佛，不度我

悬在人间

乌云繁衍乌云，越出了我的视线
云母娘娘，像那失去节度的慈禧
任，风在云和云间游离
阳光正抹上金粉，出迎百官朝觐
覆云之下，是倾巢而出的空鸣

从一八六〇跨到一九〇〇，八里桥不足跬步
我从隔界，填补上《安魂曲》，打足谱
祭礼中，给桥下所有的眼睛合上
八国联军淫蹄下
他们来不及最后看一回黑头发黄皮肤

桥孔坚毅，打量着又一相逢热泪
此刻，肃然桥前。我如悬在人间

我从山中来

我是从大兴走下北方
北风，正忙于集结
青海长云，壁挂雄安
小桥流水，班列荏苒
风沙吹不老《艳阳天》

曾经年少的冬天
浩然，我用作家的笔墨裁剪

前行的方向是沿着风声
道路，把风一口一口地收编
我竟可以公然地打望
北纬、东经，“念天地之悠悠”
哦，我久违的历史都在幽州

机场高铁廓耸城延，驱车意向好
夕阳始终在整装。等待

北风那个吹
我从山中带来一束《兰花草》

谷雨入尤溪

雨，打入溪流的水面
一场洗心革面是从零点开始

没有遇到愚公
小城里的灵犀还在固守
层层叠叠，山的高山的深山的远
他们藏之朱熹的天理
垦来半亩方塘，克己，世袭

我行至溪口，坐看
雨中的松像朱子的形影
滴答滴答，行走在绿野，悬走于仙踪
远处斜栏外，雨身退隐
从山南到山北，从城西到城东

千年古县，如水中游龙
这谷雨，这尤溪，这些。光着脚丫的
就是，不——湿——鞋

乡愁，是一页无法卒读的无字书

樱花一百一百地开
山坡开始捧腹，开始扬眉
沟壑，嶙峋、陡峭
那些我记忆里的丑角
也红光、温顺，摆乖弄巧

窈窕淑女，是樱花的拟人
所谓伊人，原来就是稼穑
当年上大学身着山坡的土灰
今天我一束衣锦
樱花的挥舞中，显得更加老土

这片山坡，抚育樱花，数十年留守
这本无字书走出寒窗，我无法卒读
就像此刻红唇满园
该不会是所谓伊人向游客话别的飞吻

开枝散叶

雨儿，一群一群
惊蛰，赶出了栅栏
它唱衰人间，索性落体

放任，是自由的唯美
如叶子乘东风，爬上树杆
一阵帘卷
没有开出花儿的迎枝招展

雨，落到荒郊野岭
它的靠山，蓄势造坝
用电刑高压，逼出梁山
瀑布一跃而起，开枝散叶

我没有勇气一跃而起
担心，找不到百宝箱
怨嗔我时，连累了杜十娘

夜入江南

烟花三月下扬州

早晨
我背起太阳
一路
太阳跟风一样
中午我从
江淮梅雨找回

上有天堂
下有苏杭
大地刚刚有点起色
它们又一夜私奔去

春光行止独凭栏
我只好
给送我出门的家
等在塞北
搪塞去，半个月亮

话别白鹭

结庐水草，三十年河东，你
把一行上青天的风华
修葺成更远更生的两鬓白霜

振翅的风已织紧，孜孜琅琅
三尺讲台下如梭的经纬
不忍惊扰不忍惊扰压在心底的
近乡情怯的雁字回眸

放飞山外的轻盈
但愿你的心适如海，安靠在
三十年河西的长柳堤岸

你轻轻地走正如你轻轻地来
漫溯水草深处，是你轻轻的梦寐

二

人生到处知何似，应似飞鸿踏雪泥

月亮简史

原来幸福就这么简单
三十年后回到家乡
还能见到小时候的月亮
就像贫瘠土地的麦禾
单薄得有些笨拙
也没有放弃生长的执着

投靠这么一个远亲
住在深山也就知足
“空山不见人”，每次团圆
都能送来思念的甜品
稻田里的蛙声蛰蛰丰盈
其实也不知道什么叫思念
提起时往事已经如梦云烟

又好像就在昨天
离开你的日子只是兜了一圈
谁说秦时明月汉时关
再高贵的姓

五百年前我们就是一家
既然把我的祖先养育到现在
你就得担起抚育他们的未来

窗门，那一只千疮的眼

落日，垂下山村夜幕
黑屏人们安宁的归途
即使，缱绻难已
你安身立命的窗门弥合不了
我年少无端的失散
击穿你的子弹，击穿
我半个世纪的魂牵梦幻

知否，知否
敲打前墙后壁的秋雨
是我流浪漂泊的泪水

能飞的，不会只有子弹
正如会痛，是越不过
窗门的那一颗弹孔
上穷碧落两茫茫
极目山川亦沧桑
远处招展
是枪林弹雨洗礼的风采

如时光穿堂而过，清明君临
今日，在烈士陵前
以君子兰的名义草拟疾书
我多想借你一只千疮的眼
诵读那久违的墓志铭

一片芳茗

风来，山岚
出生脊寒，芳何逊梅
岩籍里没能让偶长成栋才
老枞、水仙、烘焙带炭
母亲把汗禾的最后一滴
浣青成襁褓上的观音致爱

取次花丛懒回顾
期待好逑君子的冰心玉壶
掀起我的盖头
请君且慢。知否知否
我的一世回眸
愿是你，浮生的梦寐

呼啸而过，呼啸而过

远方的邮戳
失忆在你檐前的穿梭
没有捎来梧桐树的声息
昔日的相依
装饰着城市的街区

老陌纵横的故土
你不离不弃地栖息

呼啸而过，呼啸而过
沉默是你此时的天井
——那古厝簇拥的眼
安放着多少遥指的思念

古厝呵，停不下的
不是游子离地三尺
是你
伏案匍匐的瓦砾
千年不变的梦呓

一亩三分

终于等来
为从高铁落款的站台渡我
你把自己复活成一叶方舟
这一刻你不慌我不忙
透早就出门为了顾三餐
少小的誓我们依旧无法惘然
一亩三分
祖孙三代和你四世同堂
家档倒翻出四季七分的旱
驮负一个月的月息
黄花照黄，月光照光
粜籴不接四九五月的粮
一亩三分
你是我的大堰河啊
大堰河，我的保姆
终于等来
一副黄历只抽出一屋空堂
我把稻草蓑笠轻轻地扶桑
抱一抱小小的我
听一听地瓜腔，小呀小二郎

一亩三分

小时候，我养你，你养黄花

我们肌比黄花瘦脸比黄花黄

冬天的最后一场雨

最后，从天外一骑绝尘
把洛神的贞洁归还给云涧
我在阳台设置印堂，相见恨晚
雨花轻轻弹窗，冬眠开始打烊

到了三更，时光已摊得轻薄
壁炉的亢奋可以独自燃烧
想起此后，何日君再来
我们必须接受
一切的久违都已先行抵达彼岸

岁月会隐入尘烟，如一滴水
如一场此时的雨
少年听雨，中年听雨，今日听雨
“我欲与君相知”，将挽歌请来见证
今夜，甸园里的伊对你的感念

感念你为江河万古
又一次在黎明到来之前粉身碎骨

那颗流星

两组铁轨徐徐合拢，拥迎我入座
家乡喜连高铁开通
深夜，十点从厦门搭乘
我更像是要回去自己的人生

曾为人子、久为人父
许多祖辈已在半路中遥梦
我跟着活成一篇八股文
人生三段论
每小时三百五十公里的速度
故事里的情节被一笔带过

车厢外。泉港、涂岭、枫林之角
像一剂预防阿尔茨海默病的良药
一个长在深山旮旯的村名
也是新乡人离乡人望乡人梦乡的人
一道老少咸宜的开胃菜

掠过，比高铁还快：是父母不在
我，只能继续流星般地驰骋
直至，成为自己儿时的翘盼

思念的缄默

又是一年，清秋的三五
我要激活你的冷链
把满弦的清光快递到每一扇窗

而后，即使空杯，你也依然虚怀
我来举壶，用八月的桂花酒
给你灌顶，浇心。帮你赋满新的能

你的心事宏大，宏大的心容易透支
可思念，总不改人间最贪杯的色泽

为此，我带来诗和如斯的情怀
长安一片月，万户捣衣声
光有亮，还是远远不行
思念里会有刀光剑影有血染的风采

既来之，今夕，青山一道同云雨
没有谁，能让思念缄默。除了你
一轮皓月挂中天，我就赏予你与天下大同

如何平分秋色

到了秋分
我们可以坐下来，谈论秋色
我会说，你看苹果梨
苹果和梨子，它们结合一辈子
就选择一棵树。那只波斯猫
只让比它身子更温顺的主人怀抱

秋分过后，日子逐渐过在精准
那颗留下过节，那头留到来年做种
收获的命运开始落在具体的头顶
我开始逃避，廉颇老矣
中秋，重阳。这些语感加强的话题
希望，天高云淡，活在我的人心

一框秋色，如何平分
让人一片神鸦社鼓
比如许多像三秋，只有一日的短暂
是随喜，还是惆怅。调子始终在走样

风 浪

浪，自巅峰迭落
把一只小小的舢舨推离
瞬息，浪最后的人间绝地
助帆，重新激起远扬的希冀

来年，帆会带来风的种子
播埋入海，孕育后浪
跌倒，滚爬，雄起，潮立
从此，再细小的水滴
浪的后生都怀一身风的骨气

浩望，拄着一束白日梦，情不自已

秋收的日子

到来的秋天，两路兵分
往塞北，出河西走廊
大漠将开场一席盛宴
胡杨、梨树，帅酷登滩
仙女从天上下凡
典藏的日子
风尚亲手给它们披戴洁白的婚纱

双十好合，咸宜嫁娶

一股潮流沿秦岭，礼巡江南
东海南海，海浪会站立风的肩膀
抛眉桂花，捧出芳香的佳酿
蜜蜂踩着风轮
穿梭花间，每天热衷为花粉传情
这个金秋，我美不胜收是风中的承诺

《红树林》，漳州市龙海区紫泥镇，简银蕉 2018 年 6 月摄

《桑科湿地》，甘肃夏河，简银蕉 2016 年 7 月摄

《海边的家》，福建平潭，简银蕉 2016 年 4 月摄

《石头厝》，福建平潭，简银蕉 2016 年 4 月摄

光年，是一只困兽

我从厢房拉丝起一条腰线
圈出一方陋室，名号曰：小小客厅
要解构这样的“名义”
个位数的笔画是无能多元多维

从窗户走到门牖，只有七步
光年是一只困兽，跑不赢日子
我只好在墙上装上挂钟
秒针正好像点滴，可用来快省人事

北京，开罗，故宫，金字塔
约五个钟头的时差，出乎想象
中东正黎明，此刻应该是在求证
我蜗居在子夜的星座
想着鲁迅先生的《这也是生活》:
“无穷的远方，无数的人们，
都和我有关”

一回博物馆里的旅行

他们把博物馆造在密林里
我不知道是第 N 位的旅者
蝴蝶标本，不记载祭奠的时辰
每一个，都装裱一具漂亮的水晶

我来看什么呢？
如果回到童年我会问十万个为什么
如果栖居诗意我只想到一句
——夏虫不可以语冰
现在，我一门心思寻寻觅觅
那一对借梁山伯祝英台成名的比翼

屋子局促，游客还在增多，导游催着
迈出门墩
一只蝴蝶和阳光一起在起舞
跑在庄周的想象之前
我仿佛，刚刚经历了一回脑门的断片

快 手

我从风中抽出电动车
就让，马路上的电子眼铺天盖地
看清，我在生活里的一面凹凸镜

只有那棵老松
在我上班和下班的隔离带
风里来雨里去，不辞老远
指挥着在禁止停靠道上的太阳

鸟声走失了，松子走丢了
每天，守在童子打卡的方向
川流从松树的两侧，扬出分别的戾气
我只能承载身上小小的肺腑
对付蹉跎岁月里所有的树敌

化妆师

我败给岁月的零和博弈
是他
一次一次为我挽回一点面子

和岁月争雄
我只能选择直驱而入
身后，残墙断壁
苔藓已经长不了大红大紫

院堂寂寂
遗一扇门让风手，翻来覆去

鸿爪雪泥

该来的总是要来
长风，在一片大雪中折翼
此去飞鸿，归无路

那门，重新，从白手起家
为四面徒壁的大漠续一脉单传

治愈雪泥鸿爪的秘方
就是把伤让天下人知道

雪花，在梨树姑爷的身上
铿锵出一副脊梁，直抵人心的黑白

这个周末

这个周末
就剩下齐齐，和屋

齐齐，是一只猫
它顾盼的眼里
慢慢冒出一粒小小的红豆

今日的话题，变得一片辽阔
对明天的概念，可以用刻舟求剑
猫刻在相随，在声音和夜行衣

添一把猫粮吧，为齐齐倒一杯净水
渐渐靠近的熟悉，警觉已跑在爱的前面

大 雪

今夜，天空推出一场大雪
沿着终南捷径下凡
灰太狼被赶入更深的黑暗
看不清那些蝼蚁
大雪纷飞的夜晚都在同一个场下

骄傲的诗句纷纷走出大寒
吐出雷语
河东先生，宗元披蓑戴笠
把高冷吟唱成一层一层麦浪
独立寒江，泛舟空响

千山鸟飞回，从窦娥的六月天折返
大雪一愣一愣，没有停下来的意愿

驱车向晚

飞向夜晚，广播反复殷勤
江北低温，大兴安岭零下 10 摄氏度
语出京腔，吐字圆滑

不像 APP 抢眼
南海今日入冬，华氏 99.9 度
机翼逆风、起轴。受我请托
从自己硕大的身躯向上爬坡

经纬很大，乍暖还寒
没有一处，能同时安放两个太阳
我顾盼舱外江南，阳光随我跟上

今夜的大寒，冲着月亮而来

我看见一片片叶子，掉进大海
寒潮来了
北风，瞒住海流的体温
落叶簌簌，像蛙声做最后的告别
月亮，正在笑可笑的眼前

接下来，月牙抖落真相
九百九十九朵玫瑰
假借，向易水表白
风萧萧兮，在飘零的叶子雪上加霜
一副当事者：事不关己高高挂起

我掉头躺下
发现嘚瑟的天空，有一叶悬浮

人在旅途

连同星辰，客居昨夜
晨起，捣一袭长衫挂在窗格
如诗
一角露营尴尬，一角富养肩胛
绢，衣的蓝本。帛，T恤原生
摆出在衣架子两端，刚出水淫

前世，水草丰美、万顷丛爱
今生，以绢帛的名义洁水竹篮
如厦门海，东临碣石
石是吾心，海是吾心，诗是吾心
细细地眯看，阳光蜘蛛般爬来
我们为每一点消逝的撕绢裂帛

唯愿，这木棉能在酷热下花开袈裟

思念就是一只萤火虫

大海正饱受沉默。河岸
思念没有出口。八千里浮云托孤
要包容的太多太多
济世的悬壶，只余下半个葫芦

如，蜀犬吠日吴牛喘月
所有奔向在人间的哑声
银河没有飞船，没有隧洞
彼岸，我握着自己这张旧船票

好吧，思念就是一只萤火虫
我等待飞扑，从七夕的今宵下凡
一个飘浮的心眼
一生背负在小小的肉身，天上人间

流水潺潺，适合说爱

这潺潺声，我听出了水的主动
和松下问童子，那时不同
小径上荆棘和三角梅，弯腰而过
都像情窦初开的，少女般的倾慕

似曾相识，踏青感应在灵犀的末梢
苔藓、花儿、含羞草，细细被嗅着
我的视觉肤觉灵觉是晌午的狂欢
今天，终于可以看到风在风中的霭

《百草园》鲁迅的文章总教人出小差
就像现在，山上和野百合反转课堂
小资，是不是刷水刷屏换成书本表达
如踏青，如读取。不说刷对象

如躺平脚底的鹅卵石，彼此妥帖扬眉
易反易复山溪水，不期凌志适合说爱

青萍在远方

今夜，我从唐诗走来
走进你的杏花春雨
温柔的堤岸
抚拍着远至的游子
熨过的海面
读不到精卫填海跌宕的情节
穿梭风中的是故事的结尾
裸足的青石
镂刻我思君的姿势

没有婆娑
不再逶迤
行人的脚步揉碎
你惊涛的欲望
霓虹灯下，月光
吆喝在交错的樽杯
镶嵌起情侣促膝的盘缠
繁华的街口，吮吸
与杨柳岸相逢的萍水
可以丈量珠峰的海拔

却思量不出红唇的贪婪

青萍在远方
远方，坚守着风和诗的方向

那似六月的雪

一幅辽阔，继续越过我深远的眼界
西风，为一棵白杨
抬起高度，造大片的容积压低率点

前面的向后面传递风信
小草一个劲儿，轻放一群羊的下蹄
皲裂、松踏。一道道梁厘清走漏的风

我客的车还在加速，正前方
历史、远古。还有白杨之外的遗物
异曲同工都甘为使者，护着小花朵

那似六月的雪，走咧走咧走不出老树的窝

一城花飞不夜天

这片土地的历史，从岭南起兮
飞机徐徐降落，我从白云步入机场
梅州、惠州、广州，影绰珠江

风情，时尚，鳌头，绽放
一切奉献给潮头，大海只留下咸和滩
海上生明日，明朝的太阳有一颗潮湿的心

夜色，从蛮夷，跨越史前，迎接我
感人肺腑我的双眼，是一城花飞
吾心安处。又是这片南海的一回回热忱

“雪飞炎海变清凉”
一座不夜城，冬天里也是一把火
这片雪花，应落在苏轼的清欢韩愈的蓝关
落在虎门之神林则徐，那片海纳百川

今夜，仿佛只是一瞬华丽的转身

从我的眼神，有许多个触点
戈壁滩、小白杨在画像月晕
一大片的绒绿，那才是刺激
我也卖力，去理解
白皙、高挑，大漠的月光下
一排排小白杨
它们的波峰和波谷，如何放电

让我的这一程八千里路云和月
仿佛只是一次华丽的转身
良辰、美酒、高脚杯
这些江南的茶歇
在塞北的大疆，个个是战神的器轩
当我举笔，仿佛马嘶
真实如古道，西风阵阵正在切啮

今晚，一方百里葡萄的写生，被我
走麦城，画在驾长车踏破贺兰山缺

家门口的乡愁

基井，从老伯的脚下挖深
钢筋水泥模板脚手架
力量和力量对比压茬在老伯的软肋
许多眼前的高大，他把它们归为忍耐

如二十八层，正在封顶，压缝
撂下的扬尘，一把就被按在扫帚竹篓
哪是门前雪哪是他家瓦上霜
地盘乔迁来的新乡人，老伯渐渐两可

包产到户，到包片到人
奔小康的基因被保洁工人遗传下来
可一方原生地表，自己铲除
就像朝曦扫清昨夜星辰，有点横眉

沼泽，暗沟，乡愁
钻探打桩工人敬畏的这些
漫漫，老伯开始向它们服软，包括
那越长越高，渐行渐远在眼前的家门

萍水相逢，我忆住相逢的节气

时间向右，岁月向左
我听得到的光阴，逐渐把我遗漏
白露的出现，又图增添一筹

阳光、秋月，草虫
这些我原本越来越喜欢的亲近
还有日照、婵娟、啾鸣。渐渐远去

词不达意，口是心非是彼此最远的距离
譬如朝露，寄蜉蝣于天地，蜻蜓点水
此后，我说出这些的时候，更如临深渊

于是，我随一整个夏日突然集体失语
萍水相逢，我默默忆住相逢的节气
小暑大暑，白露寒露。人家不也都是
各——为——其——主

没有一句，能被酒收容

一株领雁，一枝一枝
这日子必须插上茱萸
重阳节了
我终于等到可以和你平坐平起

起程的往常，母亲会为我备好
添盏小酒，守住仪式感
母亲一生相信，神赐给的每一个节日
是在证明，我们活着的消息

樽，奉立在宗祠的牌坊
激活苦闷，化淤干活，养家糊口
雁过留声，裁缝匠心口传至今
和父老共赴苦涩里的一点点面子
先父娴熟的手艺，巧裁乡亲们的心事

小儿麻痹后遗症后，父亲的耕作
依赖一杯小小酌，总是常常断供
今亦重阳，母亲的遗言格外香
我加倍还酹。却说不出一句能被酒收容

高铁，是一门流派

人不能两只脚同一时间并立走
我左脚跨入，右腿抬爱
高铁，开始挑战我生命的快感

“人不能两次踏进同一条河流”
复兴号把门关上了
花生米瓜子老茶，挂在嘴边的门生
我得坐下来，和它们谈谈赫拉克利特

不在哲学的世界里
我也总是把岁月譬喻成一条长河

立 春

春天回来了
一场绵绵不绝的雨
春天拿出自己所有的家底

它们的回应，不是为了杀青
鲲鹏冥想北海的故园
桃花坞等在山寺安营
蜻蜓迟疑，小荷露出尖尖接住

时来运转。好雨打开宏大的叙事
岁月里有一种多米诺效应
惊蛰清明，和麻雀已排在后援
从大到无形，小到无声

放下此后，你不再衰老

几间瓦舍，放牧，割草
你劳获的都做了移交
还有勤俭善良的身教
族谱上先父的那一栏
那一夜，二十三年前
父亲，我重重地帮您签到

为了顾三顿，你透早就出门
一年收成，压扎着厚厚的纤绳
你习惯高抬双手，习惯
一丝肉，给一篮子咸菜热锅
你的背影是我记忆里的底蕴
穿行在柳暗知道花明的指引

我生命的年轮千回百转
枯井里的天空没有色彩
你眼里的云朵
是我层林尽染的乡愁
那，最为纯洁的一抹

一生只忙一个老

只有一个接头
远端的耳风
像我小时候抖抖索索
母亲的母亲
和我称之为父亲的父亲
他们打的基、造的屋
村口肩挑出来的小路
现如今，只母亲一个探头

小路好，孩子，小路走慢慢
小路慢慢走，母亲。电话的两头
相伴六十多个年数
母子俩的火候第一次异口同声
话线上可交集的词汇越来越少
乡音式微——
一生只忙一个老
江湖渐远，江东少父老。回来正好

消 逝

消失了琥珀色，我的眼只留给远方
不再有小虾米、跳跳鱼和类斑节虾
母亲说过，它们是这片海水的蓝眼睛

从地平线，挤压出高楼连襟的窗台
高温炉，冷却塔，钢化平拉
岩沙，已化成幕墙，墙脚曾是它们的家

招商这些生产线，服务这些地产业
我孤行在夜色里，走心在对天际的憧憬
从上至下走七尺，从左到右也走七尺

这汉子，多么像巨型蟹像变形金刚
腕扼东海岸西海滨，用风向，敲定木鱼
为安顿阳光、月亮！安静好鸣笛和思乡

老家有颗祖母绿

为了让姐打量横秋炎凉
十月，我携一身老气回乡
荷包蛋长寿面小菜一碟
生肖属虎十二轮今回
姐，不改咸淡不改我的扒碗
快和姐的儿孙淘成一群猴样

七八岁就速成学会
鸡鸭犬豕冷热望切
一灶肚子火灰，一窝弟
悬梁刺锥没算出和秸秆的比例
任那红眼夜来月宫怀偎
掌上的芒刺，月光轻轻擦拭
女大十八变你没有开出花木槿
左肩右膀单挑地球的自转
扁锄拿头翘尾野山采菊
一针一眼把青丝织成随礼，你
操手过的角落都有我们的族裔

那年廿八你当家媒妁之言

“天生不爱倾诉苦难
并非苦难早已绝迹”
连同两根甘蔗随俗嫁给夫婿
你却从此节节连起两头甜蜜
今天小康之家并蒂重阳花甲
话别我时姐夫反复
在外不易记住老家有颗祖母绿

限速一百

限速一百
小坪，大坪，小垵岭，大垵岭
故乡的山是一串，向着我来

父亲和母亲就在山坡上
在限速一百内
他们把时辰和后土合眠在了一起
每一个来世，他们都同日生同日逝

就像眼下的一百，打上肥红的套环
我的胸口和隧洞口会同频减缓
共情肃然
对一些莫名的可亲，和已不可近的

譬如：祖籍、祖祠、族谱、族裔……
只有出了隧道
将继续陪我提速的孤独，不在此列

为了我的理由

公说公的，婆说婆的
理由和理由，在对面正视
一条条理由，出自山涧
流淌过了小路、田径，过了岁月
到了我，涧门已变成了大海的出口

炼化、码头、巨轮靠泊
泉港，一个新标一城新名帆起肖厝

开挖，催化，裂变
那些破碎后的凝固，留在故土
被披甲上了平沙、坦途和柳绿花红
标注上“高德地图”
它们为了我的理由，导航我的怀旧

陪五月，点一支艾香

习成惯性
早晨起来也点上一支香
一缕艾火，行走在谦让
我喜欢这蔓，香燃烬，烟化蝶

但灰还在，只是灰回不了艾的家
生前端阳，母亲会从田埂摘簇株
锁把、窗格，有系挂的，也有斜挎
母亲不识字，就像我不谙《离骚·九问》

这簇叫艾，可入香
香火绵延，母亲简单
她只为门第梁燕，出入平安
不像屈原，为万象更新，守望五月

想和我谈谈心

想和我谈谈心
我扳回拉闸，把月光点亮
托住双腮揣摩
月晕背后那张铁面子脸蛋

想和我谈谈心
我划过七根火柴，烧光阳光的纠结
不让锋芒毕露的六月
交出青青河边的草心

镜中花水中月
为什么不时远在天边
翻越人设早不是孙悟空的魔幻
六月天孩子脸就是我们的喜欢

五月的霞浦

看望霞浦，我选择五月
海水，喜欢这属于东海的季节
它们在我的脚腕不停地轮番
争让下尾滩上的霞光摸顶
每一滴的退去，都剪不断

青、黑、元、黄四方玩石
向着我殷勤点赞
阳光、沙滩、古宅、渔船
岛上的渔家好客
把来来回回的都当作诗人马加

诗歌海岸，吉狄提肘从我眼前
逐浪而来，海风抽干去苦难
浮屿点点，能在这海上江湖诵吟
大海如昨，无边无垠
夜光杯照，正为我频频举邀明月

《晨曦》，福建南靖田螺坑土楼群，简银蕉 2016 年 10 月摄

《渔村雷雨夜》，漳州东山铜陵镇，简银蕉 2014 年 7 月摄

想说蓝，说爱

海水一遍一遍轻轻地
抚拍着诗歌海岸
想说蓝，说爱
说深渊里还有一万万的邻海
那一生都没有说出口来的
是这片大海曾止于不息的叹

它要留给诗歌
留给诗歌海岸
这片属于祖国岛屿的土地上没有诗人
母亲才是
那一夜，母亲和母亲抱着石头
那飞泪，是这片蓝最初的出处

潮起潮落，汐也婆娑
心，真会变成石头？
抱着的还有后来的母亲
她们的襟怀，是沙滩上一个个峨冠

王者归来

你占据人间的 C 位
元宵，七夕，七月半，中秋
每天替太阳督促八小时之外
孤灯夜半的时候，是凉飕抑或温暖
今晚，你就好好看一回我的脊梁骨

今晚王者归来，你的人生可以减负
十五退避，还有中元
看清了吗，我的身后是一扎旧制
你尚能破镜重圆
我和思念鬓白两边，一边就是自己

如果画饼能够充饥
那么今晚，我记忆到达不了的企及
如鸢飞故里，如陵前草长
你就且当我的一只，钟情的指环

熟，不逾矩

第二十二个钟点，凫入小店
夹缝里不要去谈什么人生

把熨斗想象成一匹小驹
面料，是它的御用草原
和人类在斡旋
缝纫机发来一条一条裂帛

司马青衫式的冗长
回针压线收腰，老师傅不赘述
一件衣裳
不管红得发紫，还是只此青绿

一半在人间

一只红豆，金衣公子谁可怜
像杜甫的草堂
眼前的茅舍是你的全部人间

南国，那里已是风的故园
小店的今宵，又一次偶然遇君
我希望不要打开心中的疙瘩
这爿小小烟火，游离在霓虹灯外

小时候你爱炒，爱蒸分明
腌熏的日子，我背行江湖
今宵，随风潜入夜
你依旧是豆蔻年华
我的两颗老泪，一半在人间

情 人

头，是天空的情人
脚，是大地的情人
日日月月相亲相随
我爬山越水
足下，没有为我心疼
仰天长叹
找不到可以安慰的穹顶

雨，才是我的情人
在停不下的奔波中
为了从日子里挽留住我
像今天
它暴跳如雷，挡在路口

知天而迎

路过五十
借一阶长亭
收拾比时光还多的沧桑
一同《论语》的谶语
摇曳在逝者如斯

路过五十
折一截年轮
引渡比蜿蜒还长的背影
还有秦时的明月
朝圣那玉壶冰心

路过五十
有晚霞、余晖
就不要错过
不要让昨日的海市蜃楼
交会于梦醒时分
不要错过，知天而迎的
长袖善舞，人间序幕

三

且以辞行终初见

我终于放下

甲骨上的笔画，被压茬
刻入纸上
骨钙，被临摹，迁入印堂

我辗转了半个世纪
文字先行抵达，还有梦幻
此时迎我，和周口店遗老的繁忙

历史和未来有关，凭斯
今天，是我们开张相拥的生日
你照应我，再次举起击石的双肘

在你下跪的刹那，我终于放过超我
曾如今天这样的炎热，我胴体养蒙
拼用上那本历史小人书，烧炭熬粥

珠穆朗玛

你，是自己的靠山
浮云也还自己真相
这里，山不转水转
投胎你的雨滴才是幸福
指路的顽石
都是生灵的佛祖

寒，你体内的蛋白
游弋成我身上的铠甲
长出了凤凰涅槃
格桑花摊开额眉
冷峻的高傲
找回俯吻的姿态
更远更生
生命恰如春草
地球辽阔的春色，你
断了雪花的妩媚
在人间喧嚣的园子
立一面冬天的招牌

面朝大海春暖花开
一句诵词一次回来

请不要呼唤我的名字

你也可以不叫昌都，不叫纳木错
岷雅贡嘎日喀则，像叫自己的海子
雪域高原、珠穆朗玛、布达拉宫
西藏，在我的心中只能高耸只能辽阔
她必须拥有盘今亘古延绵不断的雪峰
阳光才是你的经幡，月光只是你的哈达
雄鹰展翅翱翔才够你的神圣我的想象

北京，拉萨，祖国母亲把天路命名在你们身上
文成公主松赞干布。甲木萨，是藏族同胞对爱
　情的崇尚
高铁快开高铁快开，我要去看白雪皑皑
看雅鲁藏布江，聆听它对青稞酒的慷慨
喜马拉雅从天而降
拉起我飞驰的背影跳起奔放的锅庄
美丽的卓玛唱起那曲美丽的《格桑花》

这些都还不够，一路向西，我要把你呼唤成大
　大的我
山高我为峰，地寒我为松，蓝蓝的天空我为虹

藏南的哨所里，我要把钢枪紧握
牧民的帐篷里，我捧起酥油的手
蹲在一帧帧唐卡面前，擦亮双眼
呀拉索，我是你连接长江黄河连接万里长城
我是你魂牵梦萦日夜梦呓的——扎西德勒

自见众生的心性

一花一草都是澄明的袈裟
峰林枝上的蝉居高声远
叫醒每一粒尘埃的觉晓

凝望海上日出
金碧成殿，娑婆空涟
俨然一场流风救赎的盛典
回向山神膜拜之邀
行云出岫，修至山上的金顶
自见众生的心性

山外，是俗世的光阴
步入山门的施主
把岁月交给僧前的衣钵
空空如也
亲点一句偈语低吟虔念

我是那个姗姗来迟的过客
揖别在落日的轮回

普陀山

能不能这样叙述你
四周，钟鼓鼎沸，远帆如莲
寺庙、山神、如来，对着大海
顶礼膜拜。佛眼的正前方
是你留给施主唯一的选项

从四周向你赶集的，是浪
向着浪离去的，是岸
人潮接踵，他们比浪更急
落日从长河赶来，也没能
止住行人的脚步

止住，脚下的暗流涌动着暗流

婆罗浮屠

托举自己，婆罗浮屠
你救赎的蹉跎伏枥穹宇
盘立膝下的千千岛屿
大海无垠，斗量你千钧的沉默
而你才是岁月不居的杆舵
过往归兮不再曲解
门前的婆罗谢绝了春光的婆娑
应一切澄明拾级而上
步步看清，心赶紧心的盟约
墟上庙宇长满人间的烟味
瓜田李下飞禽走兽都是顽石的造化
今天，御风壁下
可否，祈千载之愿渡一回海上日出

如山缠绵

终于，找到后羿射日留史的清白
环视茫茫，我听，发自沉沙的鸣哀
能，不痛吗？
我一步一步地蹒跚，脚下
九个太阳的灰烬，如山缠绵

月牙泉，你是大海的种子
大海的种子不需要海岸
就像九个太阳，琵琶反弹中
魂归敦煌，与飞天同为天涯

我约你千年，邀来这孤独的日子
想再回响你的豪迈，与你诵读
精卫的不忍，后羿的潸然
看，大幕徐徐拉开，万物退下
闪亮登场，是昭君出塞飞沙中的哈达

思无邪

风，从车窗侍驾，按捺我的惊叹
这片厚土，美入沟壑
它给百里生命留下一条无水之善

丹霞，一卷一卷
把山中的典藏徐徐翻篇
浑金璞玉，交给我一路上后来的玄孙

我的人生旅行太浅太浅
你，从沧海冉冉出水
亿万年为我等到今朝今夕

良辰美景奈何天
一只只羔羊从后视镜掀起盖头
大道通天不知道谁是谁的主人

丹霞，你看，红尘，赤土，人鱼身
我呼来车停，搭讪在一幅图腾的写真
能思无邪吗？霞光步步缴械我的双眼

一路追悔到八月

我的左膝跨进八月，后脚齐步奇台
黄色，金色，成色麦子成熟到耳眉
这一千七百米的高原
天云的背面尾随我的小时候
像在临摹麦子平塬江南
此时，我如昨依旧是一匹脱缰的野马
人间我弄丢了四月啊，一路双倍追悔

迎接我的，仿佛是一山神祇，云杉仪仗
能倾诉出思念的苦
不是曾经的决绝是我们重逢的不是时候
满山的层峦叠翠，满目的风从云集
白雪交给八月后，天山羞花天池无限
都交给八月吧，交给雨的精灵
也绝不能交出我和麦子的初恋

和麦子的初恋没有三色堇
只有火焰山，烈日晕眩想拥吻在眼前

天山一片云

一切偶然相遇都有内在的逻辑
你的心底那么静谧
不忌讳，天山是你唯一的依偎

我靠在舷窗，飞机在天上飞
牛羊归栏，榆林假借回到山下
所有的机缘，在此时此刻飞行的拐角

能不能掀起你的盖头来，苍茫云海间
天山，一生为你顶上一片天
相亲相爱，你与天山愿是我一生的愿

我晤见什么

我进藏的记忆直觉被珠峰封存
本来最靠近太阳的黑是可以忽略
南迦巴瓦，仍然苦撑厚厚的白雪
给头顶的星星，一回一回的人间指引

能不能给今晚的星星放生
既然江南的烟雨一路跟随
黑暗中的佛缘，要听得见梵音
花开裂帛，和哪怕些微战栗的喉结

星星点灯，青藏将重新回到它的雄浑
扎西德勒，我得合紧十指
可反复的排列组合，如
网络世界的浮点，被郁结成同一个心

归去来兮

我，环绕在地球的最高度
珠峰捉筋，平足出一方用以势坤
就是眼底的高原席地，给匍匐平身
像卓玛，把离太阳最近的献给雄鹰

你看，雄鹰昂首，盘旋。向上拉远
龙盘高铁也在畅响，如飘香的经幡
相见时难别亦难
大寺昭我，和布达拉宫又要魂牵梦断

幸好，文成公主，仿佛正向我走来
且诚当一回主人多吉吧
与星辰大海、哈达迎接在同一镜台

蹚在河边走

驶向波密县，要帕隆藏布江声援
古镇是一字排开，声称，背有靠山
只是急了湍流，这哪是奔腾
后浪紧紧揣住前浪衣襟的一角

同样崩溃的还有我
江面把我的爱车逼仄在岸
明朴不登，山眼高耸入云
也只给我一丝角线

我蹚在河边走，还得不湿鞋

山，倒出奇地静，静出了一幕万径踪灭
对着我，像是滚滚山涛要撞开的一扇门

鲁朗林海西行记

鲁朗继续往林海，路渐不平
跟着起伏，是龙王谷的原形
有幸和藏布江水，一趟曲中行

鲁朗的云，林海的雪
一座空山能拥有这么阔绰的御名
在 4728 米迎接我的雨，就直呼其：鲁冰

诗酒趋年华。自驾驴游骑行。朝圣的
大峡的跫音，白化成可明了的小愿
海子小镇客站。你看这名起的，如格桑花自谦

青稞青藏青涩，我喜欢雪中这鹤发童颜
万树落槌一座座如旷野的木鱼
这时候蹿出的我是不是你正念及的心经

怒字可造

高阳倾泻，我还是迅速打住
冷颤从头的天穴，游龙脚趾
肃然起敬：惊蛰，惊厥，惊愕
仓颉造出的，所有华夏汉字！

怒江顺车底盘后退，已没什么真的
草木，藏在大山腹内。鸟儿早随迁
从江床到壑顶，一溜烟赤橙皮囊
再危再浑，也就是易经两个字：震卦

“山崩地裂，水泉涌出”
想起小学语文老师教我识字时
那轻描淡写，音貌仿佛
我这才明白。牛犇被我火眼紧盯

不是怒江大峡的水，是天路七十二拐
不是山怪，是凿洞的铁锤断结的镰刀
把金字旁换掉，一定有一群铁人
他们在怒江身上打造汉字的深义

如：无欲则刚！如：永垂不朽！

太阳雨

没有看过太阳的洒急
就不算到过冈仁波齐

急，被疾风从半空接走
风的心连着千里之外的青稞

如果我身上此时还能抽出盐分
这飞瀑的怒江、雅鲁藏布会更亲切

淡极始知花更艳
眼边一块路碑，披戴着哈达的颜色

字已至简：318、317 修路纪念碑
谁说继续的都是车程，不是修行

我注目后，风过有一点咸，没有泪落
西藏之行，是不是，不算真正到来过

冈仁波齐游记

这么大的山，我喜欢
我喜欢在你身边无拘的贪婪，像现在
喜欢你，头顶着雪，雪上顶着一层白

光色微颤，也同样值得赞美
你看，旷野无垠，寸草不生
借你的光，我才能挥麾下笔：冈仁波齐

车行面山临峰，风越吹越带劲
把山吹散成无数个细小的单位
雨的精灵，也于风中疏离显性

像朝花夕拾，开始暗香浮动
我得赶紧转身，不能被吹到
我的内心和深陷内心的隐秘

我称他老田师傅

方向盘，老把式。这立次方圆
老田握了。比说得多得多，多过
母亲牵他的手、他牵女儿一起走

二十多个小时，我陪护在右驾
出发点的拉萨是末夏，立秋入昌都
车驶在雪域峡谷，世界屋脊和天路

聊到，他热爱这策马奔驰的感觉
千里大川的脾气，他运筹到细节
317、318 国道等，一跑就是三十多年

你看，一个个守路人，守望的不是路
“月夜思嫦娥，远隔澜江河”
他创作很多只属于他的顺口溜。又如：

“天寒地冻风呼我，铁马冰川书传说”
“雪封返客一礼拜，心向大局不孤单”
“来日圣泉听潺歌，天路向阳报吉祥”

发给我他的抖音快手和我投机的话头
我注意到老田脸上腼腆，不是高原红
“不是诗歌，离开青藏我什么都不懂”

这句他说在话别，又好像不是对着我

邦达草原，有自己的四季

跑马溜溜的山上
邦达草原，迎接我有点夸张
任何一丝皱褶，都在昨晚熨烫
这个时候应该一匹青菟，沉浸歌唱
时似平原野马易放难追
这样，我会确信时间也应门当户对

就像现在，我忽明小学老师五十岁开讲的话

车还行不到半山腰，大半个晌午已还给太阳
邦达有自己的四季，你看
春天正和山脚下澜沧江的浪花萍水相逢
再往上，我得添一件秋天的旧衣装
再看山巅上那个雪，团团伙伙夏行冬令
机场海拔 4330 米，世界上最高草原上最酷的夏

茶马古道青藏高原大嵩植物，喜结良缘
让我作客，俯耳膝下这株小小的红景天

且以辞行终初见

招揽辞行，如胡腾飞舞、空中悬停
被你吸引，我把它们集中在一个心眼
滇池、昆明湖，亦称滇南泽

这个句点，一千八百米的高原从四周起源
再往南，是大洋，往西北，是昆仑山脉
问声你好！玉龙雪山，大理洱海，丽江西陲边塞

仿佛眷侣下凡，向我腾云俯冲，天水睁睁，
一路侠骨柔情
我还是有点点儿的自负
何必秋风悲画扇。走，深游一回高难度

纵使辞行终初见
这知遇，我择来填补生命中的空白
公元二〇二三，我与晚秋，接近云贵高天

酒店、酒楼、酒栈。旗舰拉风
三巡过后，滇池像一卷饱读过适者生存的《天演论》
我的千里迢迢，愿是你一份舒心休闲的甜点

恰到如今

秋分出发，我倾巢所有的主观
和西风，第一次相逢
于夕阳折回古道的路口
鸣沙山像一条温顺的鲨鲸
从河西走廊，荣登大漠的舞台
敦煌有一种梦幻般的假象

只有，莫高窟的岩壁逼近真实性
记得，我轻轻地抚摸，搏动心尖
仙女自指间飞来
一尊大佛从瀚海冉冉升起，卧在侧身
下榻瞬间，所有的沙弥儿起止于戛然
寂兮寥兮，我仿佛听及知天而迎的反弹
这一刻，佛在这里等了我大半辈子的爱

从此，梵音浮出深刻的岩洞
伎乐天，天长漏永，一曲恰到如今
跨出山洞的门槛
我再次拥怀，已是另一个唯物的世界

大雁塔，你是我唯一向往的陈年

万里长城、八百里秦川
到了最后一百米冲刺
从长安切入秋分
我已经出现在大雁塔下

“天下九塞，雁门为首”
足下，你前置的雁门关，我登攀过
雁字回时，我这双脚登过
自己的少年、青年、壮年、中年
现在，准备步入
大雁塔，你是我唯一向往的陈年
救人一命胜造七级浮屠
周而复始。你锻造七尺之巅

我自以为，行万里路
谨此，只差你最后一步
步入慈恩寺门的这一霎
我经世过的光阴，已可有，可无

《杏林大桥》，厦门杏林，简银蕉 2018 年 4 月摄

《情人山》，南靖书洋镇，简银蕉 2018 年 8 月摄

《水仙花海》，漳州圆山，简银蕉 2018 年 1 月摄

少一株，不可

翠绿，平远，高天
已惯于日夜亲临乌兰布统
霜秋的草原，是大地的宠妃
今我来思
举一步都会踩疼自己的久违

久违
西风疾劲，大漠帘卷
我数十载人生的风尘积淀
即使片刻，我也无法稍加类聚

拥抱，簇团，只能更加紧密
我们绝不授给风以口舌
继续，逆着风袭。乌兰布统
你一坡连上一坡，我一茬接着一茬

接力斜阳，今宵宿醉又何妨
采薇再多，多我一个，不多
我们彼此相见的情怯

也是一波连着一波，如三秋桂子
这份义重情缘
天苍苍野茫茫。少一株，不可

人面不知何处去

今晚，又要一次
月亮从我的头顶经过，步子高调
看到了吗，那片赶上秃鹫
我一路溃逃的时间都烂尾在这里
如果你不忍，请不要启齿
不要伤及
月宫中的桃花留在我儿时的美丽

你还在一寸一寸地往上爬
开弓没有回头箭
可你中年的时候曾和我一样
以为自己就是那把吴钩
要插入所有天下同龄人的两肋
哪知，我天庭上乌黑茂密的水草
早已是光阴和你利刃背后的密谋

此刻凯旋，你战胜人间的鹰隼
披戴衣锦，要造极人生的巅峰
亿万簇拥中，我只能在望乡合掌祈福

路过我的故乡时但愿你不要停留
不要让我的父老乡亲在今晚看见
我的父母留在世上的一张脸面

我如此深切地爱上你的另一番

乘客们，飞机马上就要降落
南泥湾机坪，让飞机停了下来
说办就办，我陷入其间
延安、延河一条狭长的山道
相向而行，我踏上这夹道的欢迎

延安
我记忆里随便一点都能越过你的边界

九百六十万平方公里
你曲项向天歌，让世人熟稔
从黄河壶口，率土之滨
我一步一步走进你黄色的包围圈

黄土高坡，炎黄子孙，金秋的味蕾
我要重新甄别这片屋脊的细节

宝塔、故居、杨家岭……梁家河
这些脱单的字眼
保留赭色的原义，又绝对赤诚的组合

金，真无足赤吗？我出个小差开始怀疑书本
你看，每一粒尘胚
养蒙厚土，勾勒出的窑洞千面一心

移步，听取热情洋溢的介绍
毛泽东周恩来刘少奇朱德……
每一个名字、每一个读音都能直上云霄
我好像在神游一种对现实的超越
也和空气中所有的新鲜如久别的重逢
如年轻的导游如网约车师傅如交警指路

如延安走进新时代！
噢，人来人往。我的第一次到场
感同你的另一番，就让我如此深切地爱上

遥想钱塘江潮

“天下第一潮”的荣升
钱塘江，没有躺平
一根跨栏，就十里堤岸
两股潮汐的背带，从云端继续收窄

从太平洋、从大西洋的深沟
一滴水诞生在大海
钱塘江可以是它的竞技赛场
不愿平流而过的，就翻涛越浪

“竞奔不息，永立潮头”
“弄潮儿”漫过4G、5G、6G……在等
于浙江，钱塘江畔。再次领航大数据
我还在千里之外
一机在手，与大潮同频率共经纬

大潮之时，就是黄道吉日
自由、奔放。淋漓蹦迪，大梦无极
钱塘江！你
引来一滴水的奔袭，是对人间的神往
此刻，亿万人在奔赴，你是人间朝纲

一蓑烟雨，任平澜

从海口出涧最后流入出海口
万泉河毕生都行走在水穷处
自由通达，秋水望穿
那朵云淡，被西风压在大海的对面

意会点酥娘。二〇一八年人间四月天
经济特区又添一个圈，落子五指山
吾心安处，“春潮带雨晚来急”
天涯海角，变幻，突变，际会风云
自由的风，不属于海更不属于岸

建设自由贸易港。海岛，海南
从屿表抛弃岸从肩膀甩开了“海”
拥抱大洋，亿万雄心一路向南
千帆竞发，直下马里亚纳的深蓝

清淤内卷疏浚航锚龙门塔吊月带吴钩
自由贸易便利通关。试验田示范引领
管理规则规治标准。制度性创新开放

服务贸易数据贸易。要快马登陆抢滩

热土荏苒，苏轼的岭南韩愈的蓝关
“红雨随心翻作浪”，一蓑烟雨谁与任平澜

收敛念想，专心至爱

从云端，飞入银川
我智能扫码
牛啊、羊啊，一只一只
走出微信，走近机屏
黄河大峡谷，从它们的圆顶
接回落日

一马平川，仿佛飞天舞女
自大漠向我走开，把北长滩阿拉善
压轴在葡萄园和红酒庄
千方壁仞挺深向内
六盘山贺兰山，一进比一进地递阶
令我不暇仰望

萧萧落叶中
一回回整束自己的断舍之美
眼前，这一株株小白杨
令我收敛念想，专心至爱

大焰肩佛

早晨九点
珠峰慢慢收复失去的阳光
像一台巨蟹座的钟鼎
哈达、经幡、转轮
这些古老的铃铛，跟风在凯旋中

等我的高铁，一骑长驱长坂坡
暗隧、城府，天路如轻纱穿过
我开始把神交给
把一天的灵魂交给珠穆朗玛
一响吼叫，喜马拉雅山脉随喝声退下

直入旷世，我欲与天地结义桃源
那声歇斯底里，胜过万柱结拜的火炬
大焰肩佛，义薄云天
我要喊出，喊出搏击胸口的那只火鸟

拐角遇到爱

浪拉山，一直把山往下拉
想再亲一口江水的临别
浪花，是雪花女大十八变
此刻，坐上了花轿般的澜沧江

离开母亲娘山的怀抱
每一个咫尺都是远方
山那样俊路那样俏
一路的情长，赋比流水潺潺

爱的表达，像一株一株小苗
从我的两眼，根针扎在满山坡的冻壤

4572 米的海拔，我止步在站台
山下，是迎亲的经幡
我是山外的来客。澜沧江啊
你能不能有一朵浪花为我拐角

我听到，食荒的力气

檐已低下
辟一条路让雨回家
骄丛灌养生灵的气息
挈妇将雏的浮移
生长部落的五谷
我听到，食荒的力气

沿道而来的我
借你的小巷兹念
先民的教义
让柳暗花明
看清面面相觑的涟漪
少女的梦压茬在
男人裸足的脚底

结庐倚墙
每一株妍异的水草
是跃然屿上的诗句
日夜俯首海的起居

今飨异客
与其壁立千仞地威仪
不如相亲相爱地偎依

巴厘岛咏叹调

不是一场淫雨
就能打劫午夜的芳菲
砸向礁岩的汹
击褪不了正义的颜色
难免会有黑白颠倒
纵使
对酒当歌人生几何
立在远处是朗朗乾坤

浪，羞止于鸡蛋花前
漫不经心的红
炽热如灼，忠贞于
银河少女迢迢的梦
勇立潮头的绽放
从来不会
只有以卵击石的浪漫

无法再退
海阔，必须一步之争

回头无垠

巴厘岛，你是一扇

通往人间的凯旋门

四

只想要一个记忆

与妻书

从三坊走进七巷从七巷走入三坊
这里离崇高很近
觉民的故居离爱情也很近

先生是意映的觉民
“为天下人谋永福”去，留书与妻
为国舍命为民舍下意映卿卿
一个江南少女二十二年的生命
你用一个大写的爱字了却

《与妻书》寄到人间
卿卿的泪涟顺着你的笔尖
七百多个日夜啊不忍卒读
到九泉召你还魂陪你再牺牲一回
“吾平日不信有鬼，今则又望其真有”
如晤，如晤，如晤

这檄文，也是写给天下人的
我读你千遍也无法掩卷
此时造访小屋，小轩窗，正梳妆
君失意映我失卿，泪水顿作雨倾盆

秋思共长天一色

西边的月亮转入暗箱
东方，云端正起毫舞墨
欢迎嫦娥回宫
神舟一号“快递”中国武功

中国红登堂闪亮

今晚，月亮开辟道场
春、江、花、月、夜五大金刚
儒、释、道，塞外弦翻
江月不会只年年望相似
月亮低头思故乡，逆行的时光
从我的眼角一点一点地泌淌

黑海，月亮到不了的地方
潜艇画出重点字段，那也是
黄旭华对母亲倾诉衷肠
老泪成河啊，春晖告诉河底的水草
黄河奔腾有一支爱的洪荒
荒原上，原子、粒子和量子

冲刺出中国速度，可黑色的邮戳
寄不出千里之外的相思

黑洞情深，他们用超声波朗诵
钱学森、程开甲、林俊德……
一颗颗流星，光耀中华
漫长黑夜里的秉烛
真的吗？灼痛不了相思的苦？

如天狗食月，要对自己有足够的恨
大爱，才会在自己的心头难开口

城市之光

太阳落驾，月亮起驾
城市的眼睑走入背街、小巷

叫卖、吆喝，竹耙子、落叶
和这座城市光合，在我手掌上结茧
我黑眼的珠子
给城阙、城根构造城楼新一天高远

脚趾轻轻下蹑，在脚手架起辞、打样
我，只想捶直好榫卯，打钻好底板

和平鸽适合幕墙，敦厚嘉奖给桥梁
线杆、秃枝斑鸠喜鹊小松鼠呼呼扑上
它们来不及进化的羽毛
我从天际线起墨，紧握成手中的藜杖

同 志

触底，反弹，拉膛，上弹
战斗，是你一生始终保持的状态
俄国的十月革命，成了你在怀里的胎教
教会你如何穿过枪林弹雨
如何在血雨腥风中寻找自己的同志
母亲把你交给一个更大的娘胎
却是一座，你毕生都在为之摧枯拉朽的黑暗
乌须、短发、印堂硬朗
俯首甘为孺子牛，你面壁破窗
要把民众的愚昧、麻木交给阳光
来审判同胞受凌辱时看客的荒唐
挺直自己的腰杆，踩在先人的肩膀
手指上没有断炊的烟火
燃烧不尽你胸中的苦闷
为孺子争名分，你的生命注定属于人民

阿 Q、孔乙己、祥林嫂
哀其不幸怒其不争
面对人血馒头的药方，你暗自神伤
天地余一卒荷戟独彷徨

爱国、进步、民主、科学
寄希望于青年，要从娃娃抓起救救孩子
你的呐喊振聋发聩，为了揭开封建社会吃人的面相
你弃医从文，在唤醒拯救苦难中苦苦挣扎
那一夜，你和革命者瞿秋白彻夜长谈
“人生得一知己足矣”，你知道
这一知己就是中国共产党，你终于找到自己的同志

从此，你横眉冷对西面吹来傲慢的空气
以《狂人日记》之痴癫，振臂高呼“吾以吾血荐轩辕”
手握铁笔，一字一句刻画出一个民族坚韧的灵魂
牛眼、睛深，遇碑即文
“真的猛士，敢于直面惨淡的人生，敢于正视淋漓的鲜血”
你为人民记下许许多多《为了忘却的记念》
人民没有忘却，把你一起永远记在心底

平生荆棘向前进
未死精神待后人
你说过，中国年轻人应该向上走
你还说，“即使艰难，也还要做；愈艰难，就愈要做”
一百年前先生的殷切希望，一百年后
今天如先生所愿，所愿是
中华民族迎来盛世，也迎来百年未有之大变局
强国有我，青春奋斗，请党放心
新的征程，也将如你所愿

在你希望的大地上，已经有路
那是实现中华民族伟大复兴的中国梦
路上，是生生不息，是源源不断
如你所愿的年轻人，你的同志
他们引民族魂为豪
敢于斗争敢于胜利敢于昂首阔步

五月的回望

不住地按捺，显得多余
明天的太阳依然升起
人生如逆旅
落袋行囊的只能是回望
比如桃花盛开那张羞涩的徘徊
比如远走他乡
匆匆的背影和挥别的站台

时间不是人生的支点
我们风驰天涯打卡夕阳
心中的芳草撂在荒上
只有五月
阳光的按键停歇在春天和夏日之间
读一读屈子苏轼陆游文天祥
读一读惊蛰清明雷电和国民

站在五月回望
昨天只是山河广袤幅员辽阔
诗人的忧患才是明天的渡口

五月，造访江南的绿

江南的绿只能在苏杭
油油的苏堤，西子的胭脂
我带上五月，带上莲
带上一篮子的梅子雨
扛过江南，不能没有节气

春风啊，又一回让我失臂
湖上莫愁
丁香花把自己撑成油纸伞
高跟鞋鸭舌帽，唐韵装清旗袍
运河上的凝眸，款款拥抱

我的执意，在绿肥红瘦李清照
生当作人杰，死亦为鬼雄
江南的绿，绿在嘉兴南湖那嫣红
绿在江山如画，一时多少豪杰
绿在我，执子之手在此交汇薪火

致李清照

薄如蚕羽的心
比心还薄的是你的诗句
折折叠叠
缝补着一个亡朝的伤口
和执子之手风中的承诺

三杯两盏淡酒
红损香残帐饮无绪
婉转于花前月下
温作你笔下的浓墨

雁字回时
化去常记的溪亭日暮
让千年之后的我
看得透那一夜晓来风急

死，亦为鬼雄
惯于浅斟低唱的纤指
是怎样
把漫卷诗书折成一只只纸船

满载星雨般的思绪

至今，思项羽
是你来世的温存
还是我前世的宿敌
眼前，一骑铃箭，力拔山兮
轻轻掠过你的发际

只想要一个记忆

我也不知道怎么形容你
抓狂，肆虐，涅槃，漫卷突然
一个青萍的女子，是终要成长

没有人在意，我静如含饴，坐看
面朝大海，比天空还大是我的风眼
那可是饱经不测、穿透极寒极热高压

登岸的奔赴，凌空，我一路自己蹈虚
摆一场盛宴，邀来大山大瀑大树大酷
让它们好好饶过照料昼夜的万物

莫兰蒂玛莉亚，大风起兮是天下之母
萍水相逢，我骨子里真的爱死你
母亲说过，你只想要一个我的记忆

今夜，打开最后的一只耳

值班间窗外，这棵老榕，叶耳刷刷
风导，把鼎沸，压在低声
每个人只够自己听，听自己的人声
就像落叶，风铃正响起，开始依依

这强台风，它在孤注，会有人间盛迎
海的大洋已经把它抛弃
后面是顶在背上的弹雨，断舍离
泪是悲泣泪亦喜极，不在泪的供给侧

听，呼啸山庄，长风接短风
风，逼疯了风，逼着风信子交出秘密
就让风都冲我，来得更猛烈些吧
我想听到黎明前，山河万川肃然起敬

二〇二三年七月二十九日

二〇二三年七月二十九日
今天的日历，卡壳在窗隙
暗晦，收回朝曦，收回天地
福州城，有福之人啊
他们开启点亮自己的一盏盏心灯

轻轻弹落胸口的尘埃
拂去彼此拥抱时最后的难
相爱就这么简单，你看
那一起拉力水管，导回倒灌
一起扶着那根丧失脚力的榕脉

爱惜这座城市的名誉
这棵老榕，我想，它已缄默了百年
见过许多我们没有见过的男人女人
一盏心灯，今天让我们也看见自己

就是这么彼此一个小小的心愿
感动眼前倾情豪雨，一城花飞

《天上人间》，西藏，简银蕉 2015 年 10 月摄

《油彩西藏》，西藏，简银蕉 2016 年 7 月摄

《上寨金秋》，南靖云水谣，简银蕉 2022 年 10 月摄

《调色板》，青海，简银蕉 2016 年 7 月摄

祖国颂

今天，黄山松涛听秋风落落
念昔，黄河咆哮悲五岳寞寞
往后，黄皮肤攒动山河溶溶
此心安处，是我亲爱的祖国

不曾忘鸦片烟侵，条约丧权
颐和园昆明湖狼烟文明伤灼
不曾忘“九一八”，长白山缺
南京大屠杀哀鸣笛铁笔难罄
十月风，雁字回，南湖帆悬
南昌起义秋收会师戟不折志
古田会议四渡赤水行走丸泥
万里长征，惯于长夜过春时
延安宝塔，月光如水照缁衣
数风流人物敢教当惊世界殊

神女应无恙峰回路转新时代
从“嫦娥”奔月到“神舟”寰宇
从“20”雄鹰齐家到舰载展翅
“蛟龙”入海底“五星”耀南极

五千年薪火只争朝夕
五十六个民族咸伏羲

江山如此多娇
秦皇汉武唐宗宋祖喜看今朝
看，高铁穿梭复兴和谐风畅
看，大漠孤烟滚滚赋比兴兮
看，夕烟遍下人民乐业安居
你的辉煌，炎黄儿女在继续
你的梦寐，华夏民族齐勠力
你愿天下，人类命运共同体

昙花的爱

昙花，抽走自己的花期
它要像流星一样划过天际
把所有的光，都不照过自己
所有的艳丽都献给，奇目的时节

如南昌起义秋收起义百色起义
八七会议遵义会议古田会议
痛快，惊叹，流畅，横贯
每一次牺牲，就是一朵强烈的绽放

只要永恒属于人民，爱，就深埋
不只是深埋在永垂不朽的纪念碑下
也不只是深埋成南京的雨花石样
读懂这份爱，是流弹是曾经和未来

是无数的英雄烈士，像昙花一现
为了黎明的破晓，和黑暗同归于尽

我多想再听一堂

三十年前走进校园心生好奇
中文大楼壁倾一方如何强基
马院老师鬓白柳辫桌前一晃
北大时我也是一朵吸粉校花
从此三尺讲台没有龙钟老态
萦耳笑声如今我仍捧腹开怀
机器人能不能产生剩余价值
至今谜如一道哥德巴赫猜想
尽管三寸之舌早已衣食无妨

十七号楼床板硬过侠侣铁掌
一袭青衣理想还是嗖嗖作响
荔枝肉酱味拌清粥顿顿光盘
学点皮毛犊仔争论摸不着北
错过善良小芳又失美丽大方
一身皮囊倒是慢慢拉膜服软
海伦，那个希腊美丽的女神
特洛伊之战值得，每每讲起
外国文学教授好像就在受降

伤痕反思寻根名家名作一串
高山下花环雷军长惊奇拍案
少年不知愁滋味我热泪盈眶
再怎以命相交战场不是市场
文学风骨必须雄起戎装飒爽
关关之雎男儿应有男儿气场
东捭西阖闽江的竹筏找不到
立场倾向，讲文学创作概论
老孙头常将之比对公堂互侃

风吹草低爷们是来放牧清欢
你偏在天苍野茫扎几根灯盏
我不相信天是黑的江湖闯荡
我不相信善无善报秉烛画像
我不相信山穷不会峰回路转
三十年我芳华碎落两鬓成霜
三十年柴米油盐我风云看淡
三十年回到校园我望文生叹
三十年老师我多想再听一堂

一切从简

一切从简
琴键只要分得清黑白
弹指，就听得到情感
就像梁山伯之于祝英台
就像杜十娘怒沉百宝箱

一切从简
太阳不在，铃，听出海风的岚
月亮不在，梦，有意中人打昧
如，禅绕画，不是画，是笔端
如珠峰雪皑，不是山，是上善

一切从简
让四季轮回抽节拔穗相长相爱

孤独求败

很难想象，眼前的这座大山
垂青在大地的机屏直播带货
红黄蓝，语言辽阔
却曾经，童子像山坡的活化石
隐喻着“地瘦植松柏”

一把镰刀，我校外用来使唤
青蒿、小茅、嫩蔓
割草留下三寸根，结缘讲分寸
老师的教诲，我没有放过
还在门顶端增悬一支红缨枪

一颗红心迎来日出
两手准备留待日落
对着眼前的大山我每天发怵
为什么要逼我出手让我交出童年的快乐

秋风秋雨愁煞人
一顶穷帽，秋草编打

“愚公移山”的帽徽至今潦草
却像一座山雕立在山门
让我一路孤独求败，一路回眸

我的楼兰新娘

从历史城池降下帷幔
只有，月光才能够触碰
那片月，来自长安来自李白的大唐

楼兰可以破，新娘难以返
她，从此活在人们的千呼万唤
这感慨，席慕容也从祖国宝岛传来

诗人要用你身上死去的泪水，埋葬
把你的乳香羽化，和梦乡镌刻在路上
哀莫大于心死，眼前是一望无际的荒

刑天舞干戚，那一段折戟沉邦
作为新娘眼中的一粒一粒朱砂
只要一席风，楼兰是否卷土重来

做人不能无一证

在出生证出生之前，我无证敲门人间
母亲贫瘠脸上的喜泪，在记忆里闪现
求证持证：我是我。五十七载痴人做梦
一本本红本本是我的一次次人生竭泽

那一次高考落榜，我来到人间窗口
被告知，没有出生证办不了暂住证
寄蜉蝣于天地，没有证，人间不答应
缯衣低头摆地摊卖吆喝，我痛定思痛

三百六十五回炉纯青，四年风月学究无边
钢戳压扎在福师大汉语言文学字眼
从此为教执鞭，卅载反刍闰土刺猹
文章千古事，陋室空堂只为少年狂

少年常听父母训，做人不能无一证
脱下长衫，为证考注会考司乘考硕研
月落天涯头几度是春秋，梦回青衫湿
人生无逆旅，持证上岗，勿忘少年志

爱在何处

轻轻、青青。卿卿……
看着我的两瓣唇膜，太粗厚
一曲《花妖》
唱词的心力，也是已经重重

念及你，不能有风，勿问知否？
那种窃窃，只能属于一个人的时候
就像昙花为留给爱人一丝气息
对韦陀，一生都舍不得向他开口

和花妖、花魂、花气
轻轻地走了，走到卿卿的心门口
“你好……”好什么黛玉葬花没有忍心
她把不可承受的沉默都留给人世
流落人间

祭往，开来

什么时候，九月多了一个日子
三百六十五天，分二十四时给我冥想
我的诗和笔起床写一副挽联
牺牲，捐躯，奉献。宋体五笔
我磨砚，谋纸，会当摩顶

一双双黑眼圈，也慢慢拢了过来
它们自影幕、观众黑压压的一片
《志愿军：雄兵出击》
“如果和平的希望，仅仅是希望对方不要开枪，
　那是什么和平。”
黑色的枪口，从来就没有长过眼
我只能一遍一遍在想象中把声音听清

笔，为了瞄准枪星。我立正在花篮的绽位
墨迹，像黑孝带
我成长岁月里沉淀的意象大放光彩
“国之大事，在祀与戎”
烈士纪念日，今天的日子如雄兵出击
祭往，开来。我灵犀一动一气呵成

耗 材

同学们，要随手关灯
当老师时
这句话，会抢在我的开口
被学生们，同声地呼出

没有顶格的空白
我一块一块切下来
叠成便笺
同事笑纳，说和我一起有福利

让节俭成为习惯
这个发现，是我的小学老师
大半辈子了，我没有长进
还经常，拉了耗材的后腿

悲剧是将有价值的毁灭

白天的炎热，一只蝉在噪聒
躺平，搔脑，枕边的风
另一只叫来了蝙蝠的夜
枝走彩蝶，返回青草的兰
听不到对自己的赞美
雁叫身后的寂寞，蝉慌空喉

给青筋的根造一爿树荫
学会打酱油的我，祖母每每说
记住，这棵老榕才是咱家村口
担心，被蝉鸣迷幼
树下常常盘坐着我的祖母

唉，国难思良将精忠殁谗言
将人生有价值的撕毁给人看
悲剧，尊为先生的鲁迅如是曰

爱情，养一只宠物

叫不醒一只精致
索性瓷烤到极致
炉子使出吃奶的力气
刚出道，高岭土就换上马甲
我细细对比原照襁褓小确幸
每一件都是孤品
爱情忽然拉高燃点
请来陶片、陶泥、陶坯
追踪溯源炮制一池柔眉，养鱼
鱼饵里，没有自由的争论
一切都如快递小哥所料
维生素，蛋白质，诱食剂
高堂三春晖，阳光体面让位
每天都在忙赶成长
她们养花养草，养狗养猫
养养鱼的男人和女人
把另一只宠物
爱情，托付给月亮和柳梢

如果爱困是一首诗

到宠物店赎回一只猫
再从余生回扣一分闲
搔，揉，懒，宠，妾态翩翩
白天给我一个眼色
晚上给我一个眼色
睁一只蓝眼眯一只小眼
发言人不发声
使官的眼神楚楚逼人
如果爱困是一首诗
猫的一生就写一首

猫闲，我闲，每天跟着屁颠
喵喵妈妈，把我当马又当妈
黏贴不停
我缴械，决定从粮草先行
逗猫棒，猫爬架，磨爪器
美国进口鼠鼠仿声仪
我斗一回猫眼 Made in China
淘宝天猫，娘家有人敲我一笔

这年头，北斗抢我老马的饭碗
想要访友讨公理，又怕伤和气

读一只出土的古董

其实就是一片瓦
皮肉粗糙，记忆早早衰老退化
可能是身世卑微
陪到墓陵时未损毫发
随她出土的是盛世的光阴
和小民的哀怨
入时十六今六十相约到花甲
多少后宫女人花凋谢在路上

不够，这斯命硬，身材匀称
颜色的端倪，显然已进化N年
更合乎于大汉的尺寸
穿过大半个中国，偶遇高手
补水、面膜、祛斑、去痘
爱美之心开始灵动
谁说期待是最完美的绝望
只要足够漫长的韧
就可等来背手挺胸踱步院庭
在镁光灯快门中，频频出镜

一命二运三风水四积德五读书
读一件件古董，我似懂非懂

流水，带走每一滴的光

潮水，一节一节地引退
在我眼皮子，月亮跟着裸奔
沙滩，还给我脚印
一只青石蟹，钻进去
在汐临之前，洞口渐渐顶没在
沙子里慢慢渗出来新的涟漪

我打开手机上的光束
脚下的黑色转移到屏幕
不像月亮和潮水相互帮衬
顽固的移动充，即使在荒野也是
埋伏在哨兵的头盔、矿工的安全帽
石墨烯，光源连部首都不舍弃暗

如潮汐，要让流水带走每一滴的光

山寺桃花

你，始终没有迈入
山寺的门槛，即使
你的桃儿早已成仙
奉佛受拜，你知道

一切因果终归世态
枝头落叶
仄空我心头的冷漠

随你承欢
远道而来的信众
一篮子的心愿
幸福是只可意会的期盼
为了颔首香客，你
保持笑迎春风的允诺
及，千年之前那一次
与暗香疏影的放手
何曾不想能再拥怀
咫尺天涯槛内门外
花开结果，哪个

不是十月怀胎

当暮鼓在晨钟涅槃

万物通灵，独予你

参禅不了一身尘埃

真如是

无言，才是尘世的如来

一棵小草，你是生命的火苗

体内，有一颗火苗
引来月亮的种子种在鸣沙山
火苗和水相爱
生出一洲的绿仔
如果火苗把自己燃烧
牧童就能牧归袅袅的炊烟
如果火焰再高些，烽火连天
寒光照铁衣将士们会万马奔袭

一个夜晚，秋风萧瑟在茅草屋
诗圣借你微弱的光，借你的手
以歌咏志，草拟奏章，呼来
天下读书人共同拾举柴火
最后的薪火留给除夕
一张张火红的笑脸，光宗耀祖
手拉手跳一曲幸福的锅庄舞

立在墙头，一旦舞动
飞扬就是雄风的模样
独自走天涯独自闯山岗

野火烧不尽，你无语
风吹草低见牛羊，你随喜
那一刻，人类站立，你第一个
教会懂得羞涩，结草蔽体
生与长，很短暂，一根稻草
不忌沉浮，危境中选择江湖
有时候短暂到只拥有一秋
你也把自己活成一枝仙株

大山高大的形象我却无从忆起

大山，一直从我的腋下盘延
雄浑和庞然，一寸一寸往后若现
如此的重托，要放入生活
形式，是无法在原步抬肘
即使，我们已可以造上一级一级的缆索

好大的一棵大树，一片浩荡
现在，它们下山，要从我的盈眶
热身，补水。然后再去造另一片丰林
就像这座大山，一个叫百坭村的村
把星辰的微光献给大山，接生新岚

照说，我也是大山养育的儿女
黄文秀，“时代楷模”
一个，从北师大学高为师的女孩
一个，脱贫路上行为世范的英名
离开你，大山高大的形象我却无从回忆

你的名字与日月同光

我的笔疗不了我的伤
二十八个春秋是如此漫长
你没有远去生命饱含目光

祖国刚刚解放
美帝亡我痴心一刻也没有停下
《我的家在东北》，反侧高亢
那里的邻邦寒光照铁衣
犯我者的炮弹再次告急
鸭绿江畔，烽火连家书
一封朝奏情未央
递交请战书，你朔风马蹄疾
雄赳赳气昂昂，你的英姿飒爽
一路向北一路向北
旌旗直下上甘岭军号压制“三八线”
为了一个民族苦难的涅槃
你把长津湖的雪水注入自己的胸膛
连同无数名字永远矗立在异国他乡

灯火阑珊，手捧你出征的衣裳

人民的爱戴
一位伟岸的父爱把它如山深藏
你的乳名，我的永福啊！
共和国的领袖
一回回梦呓的呢喃把你魂里牵还
没有行囊，流浪是你儿时的成长
你八岁背井韶山，山河同此苍凉
十四岁负笈俄国故园在心中惆怅
豆蔻年华本该是祖国的花朵，听！
神州大地今天到处都是书声琅琅

青山有幸，杏雨春回
昨日横眉冷对怒向敌人的刀丛
长成烈士陵园的墓草欣欣向荣
英木苍苍，华夏泱泱
天地恸情，山河无恙
毛岸英，你的名字
像一道耀眼的闪电与日月同光

我的雷锋日记

浓白，青灰，发黄
写着成长文字的纸花
从我的身后径自一路芳华
雷锋，和春风，携我往前荡漾

雷锋，是我给日记簿命名的符号
半个多世纪，我经常来逛逛
把一个个小小文字流连成景象
用自己有限的生命和无限的遐想

发黄，青灰，浓白
我的生命之花不再青涩、无多粉黛
符号还在，在我的心里
我的纸墨，丰茂如梅、如海

我看见昙花沉默的颤巍

清明河上的笔墨
移植偌大的大观园
红粉鲛绡围猎中慢慢妖艳
是应该给园里一点风雅
来到园子的秋风秋雨愁煞人
有一处干净的能够歇凉
元春惜春探春迎春
一块宝玉沐浴春色
通灵的心，芳草萋萋
竟只独，拣绛株草栖

爱，是不能忘记
红门深深深似海
风扶不住怀春的柳眉
钟鼎文盛，可以耀眼万丈
宝黛晴雯秦可卿不忍枚举
钟灵毓秀的年华却随闪电
坠入无穷无尽的黑暗
泪眼问花花不语

昙花活着的一瞬我看见沉默的颤巍

“从今沁园草，无复更芳菲”
沁芳的爱，有多少销骨的泥

端阳，是枚觅寻后浪的胎记

沿着你求索的路返回
还是人间
天高云阔，粽子飘香
这个为你怀春的气节
——五月

芳芷滋兰　菖蒲杜蘅
每一株绽放
都是迎你回家的彩排

五月的雨水，适合多情
芳草想菲菲
汨罗江滨，树蕙的耳根清浅
一枝一叶情不自禁
长太息而掩涕兮哀民生之多艰
初夏的热烈经不起浸淫
一曲离歌，终爱憎而沉落雁

仰天大笑甩侯门而去
可命中注定还要相遇

端阳，是枚觅寻后浪的胎记
路漫漫
总有一扇深似海一扇为君开

你的灵魂很轻

——瞻仰林则徐塑像

要用国之重器
石雕青铜塑木刻鼎铸你
挥斥方遒，不离不弃
哪怕，童稚未脱握不住笔
涂鸦于绵帛
你也为学生们跃然于腕底

你的灵魂很轻
那颗心有地球不可承受之重
像现在，伫立在你眼前
魂魄寄寓，我控制不住自己的心

放飞理想

——瞻仰林则徐塑像

推杆，抬角
天空是你的千壑
你听从理想的仪表
锋芒用来指明前行的方向

壁立千仞无欲则刚

人间不能没有欲望
爱如晴柔
拉挡，回降，轻轻翼展
一条沧桑正道，顺着我的笔敞亮

新年书

此时，翻阅到最后一页
沿着心走，这书签留给来年
那是怎样的一个世界

渔火会明亮起来
大海会重新分配水滴
和日照、风向配合得如天衣

冬天走出风寒
黄河的流向厘清了冰花的凌乱
我会重新混入鸟鸣，手蹑脚尖

把所有的热情
给世上，再打坯一尊菩萨泥身

又见乡愁

和你相识
在你我年轻的时候
你年轻的是诗
我年轻的是岁月青葱
你那不经意的乡愁
叩紧一颗乍放的心窝

不是新愁
不是少年不知愁滋味
是你我难弭的旧恨
化作浅浅海峡的泓
满满的——
是抽刀后的痛

而今
你睡在祖国宝岛台湾的
那一头
我却在大陆这一头
用离离原上的草
守护春晖
守护着我们心灵的邂逅

咏 梅

此刻回首，我的青春
是长在墙角的梅
用来托付的唐风宋雨
翻墙而过
世事飘散，独自凌寒

从此，形同陌路
乱红飞天的夜里
我卑微地俯首
给寒门的留守
留一朵花开的小路

走下山来的雪
铺开了月光的皎洁
我没有红杏出墙的春梢
可以攀附杨柳月下的曼妙
心，腾出所有的虚设

为低处行走的孤单
存一丝暗香的陪伴

呼您归航

洗尽铅华
褪不去的秦砖汉瓦
穿透潮湿的目光
触摸着历史的过往

从长安走到大唐
从母亲的金簪走到在水一方
今夜无眠，一曲望春风
唱不够你举头望明月的
惊——涛——骇——浪

宝岛台湾，故园的心
是一盅酿不开的红高粱
灼烈在料罗湾的弦滩
灼烈似火，自将涅槃
呼——您——归——航
呼——您——归——航

闽山闽水秋分时

沿武夷山走在秋分，万物亲民
大西北的高原在湄洲湾勒马
太平洋的汹涌到平潭岛归岚
地表、山丘、陵田梯次进山
清新福建闽西土楼交响红色基因
闽天的秋高向往人间，这里
阿里山的蝴蝶兰艺修朱熹的仁理
日月潭的印月荡起中原人的游楫
两岸信众共奉观音妈祖保生大帝
同根同源同宗同文母语同音
地缘血缘商缘台胞登陆的第一家园

从小受教于二十四个节气安分守己
我多想荡起双桨在风平的海峡
闽山闽水物华新，可，我还不能
本分要争一分，靶向要从南海穿透大洋的风眼
福建号万吨级铠甲的笛声要拉满弓弦
浅浅的海峡是我等待弥合的伤痕
曾经，黑色的钢水签下《马关条约》
偏安割让成为唯一的甲方

丧权的笔尖少了一分聚腋的历练

死去元知万事空
陆翁的家训再次在两岸养正启蒙
厦门金门横批：血脉相连
啊，祖国宝岛台湾我多想用五笔
平和秋分一曲执子之手明月共举

子又非鱼

想起另一个浮世，一条鱼的构造
我越界的时光，来和你消磨
我们彼此的江湖河海，烟雨中的浩渺
你艳遇时，庄子正红火，故事传奇
尾随你的濠水，从我，链接起涟漪
子非鱼，只能借千玺清水拼你的葳蕤

两肋还在，匕刺的高度、曲直
吻合原生家庭的谱系，渐渐
勒进黄皮肤的腹肌。刻舟，泅渡
言语，空气，及一些可移动的卑微
子又非鱼，喜欢细细地近水，等在
你逆流而上，一个腾空，一个搏击

时光不会停泊

银河加入网络
一滴泪圈粉无数鱼尾纹
七夕轮回，一场相逢的盛宴
思念窥探着河谷的闸门
头条、抖音、微信今夜无眠
月老给人间送来一帖星辉
爱情的故事从这里开始
每个人都有自己的续集

在榕树下，知音来自心海
又好像来自云间
听幽兰，听沧桑，听一曲《情人》
我的心头攒笼一群小兽
为了一颗故人心月亮折半百的寿
山寺门前，桃花默默搭渡
银河两岸厮守千年的孤独
时光不会停泊
银河迢迢，有人相拥，有人挥手

庆幸能有这一刹那

柳枝用鸟语交接
春天来临的脚步
柳絮俯贴在游客的耳际
风落下鼓槌，白云袒胸
交出一页又一页的雨丝
老榕怀春，经不起甜言
枝丫招展着翼颜，忽然
听到起一句雷语
建筑是凝固的音乐，可见
层楼加码调子越抄越高
城下看不到飞红的春俏

几百年前，也许更久远
这古寺和泥瓦和亲结发
一直在这里
给城市的生活做个示范
借过矮廊步入门槛
导游热情绘色古董般的珠黄
想让人坚信他们曾有过繁华
这寸方落，游览的我

像是回到了自己久违的家
外面的世界很精彩
我也想出去看一看
一场疫情过后
庆幸能有这一刹那

皆得所愿

我要用想象，去追逐夸父
倒带，日月星辰时序的逻辑

我要用冥思，去效应庄周
回溯，一只蝴蝶和人类的岔口

留下梦想，去崇尚北斗，指点
嫦娥奔月，蛟龙生焉，迢迢银河

风，孕满风期。浪，鼓足羽翼
我要用心海去迎接新年的潮汐

重庆，一九四九

时光不能回流，情怀可以
重庆，一九四九
一九四九，重庆
城起、城色、城跃、城深
一座新城，轻舟已过万重山
把一九四九作为自己永恒的馈赠

历史不可倒逆，剧透可以
青春的热血，洒向理想的锚锭
渣滓洞、白公馆，戴着镣铐跳舞
革命的必胜信念被作为最后的通牒

一九四九，新中国诞生
磁器口，烈士们的英名在烈火中永生

他们把看到曙光的使命交给我们
此刻，来重温烈士牺牲时血染的风采
“英烈们，遍体鳞伤的身躯在黎明到来的时候倒
　下了，但挺拔如山的精神却在红岩站立起来，
　站成了永恒。”

那一夜，山城阴雨如晦
江姐、许建业、陈然慷慨就义
这一刻，七十年后的今天
金秀、林子杰、“小萝卜头”宋振中……
主人翁缓缓打开
吊脚楼老码头监牢岗哨和铁锁
历史的天空旋转跌宕、沉郁顿挫
鲁迅说
悲剧是将人生有价值的撕毁给人看

喜看今朝
嘉陵江畔大道环渝三峡耸天飞星传情
帷幔铡下！妈妈！妈妈！婴儿的破啼
成为最后送不出去的电波
舞台中央
等待凯旋作为夫妻儿女的名誉
消失在黎明前的黑暗

唯有牺牲多壮志
一九四九，胜利属于中国人民，于重庆
掩卷犹觉风雨狂，半城繁花半城伤

福暖四季

时光压茬着时光
南海发出了热带的豪迈
问鼎高寒
喜马拉雅，展开雄鹰的翅膀

我亲爱的祖国
从江南的雨林走来
从中原的阔叶走来
从塞北的飘雪中走来
你放开大漠孤烟的深呼吸
太平洋印度洋——大风起兮

二〇二三的年关
五千年华夏民族往前大跨
千载乘船，一日过江
秦岭横穿，再次扬起黄河远上的帆

图书在版编目（CIP）数据

到有诗的地方看海 / 吴伟平著. -- 北京：作家出版社，2024.9. -- ISBN 978-7-5212-2974-5

Ⅰ. I227

中国国家版本馆 CIP 数据核字第 2024V779Q9 号

到有诗的地方看海

作　　者：吴伟平
插图摄影：简银蕉
责任编辑：桑良勇
美术设计：孙惟静
出版发行：作家出版社有限公司
社　　址：北京农展馆南里 10 号　　邮　　编：100125
电话传真：86-10-65067186（发行中心）
　　　　　86-10-65004079（总编室）
E-mail: zuojia@zuojia.net.cn
http: //www.zuojiachubanshe.com
印　　刷：中煤（北京）印务有限公司
成品尺寸：142×210
字　　数：88 千
印　　张：6.5
版　　次：2024 年 9 月第 1 版
印　　次：2024 年 9 月第 1 次印刷
ISBN 978-7-5212-2974-5
定　　价：50.00 元